Certifié PEFC
Ce produit est issu de forêts gérées durablement, de sources recyclées et contrôlées
PEFC
PEFC/18-31-280
www.pefc-france.org

JIDO HAMBAIKI NI UMAREKAWATTA ORE WA MEIKYU O SAMAYO
Vol.1

First published in Japan in 2022 by KADOKAWA CORPORATION, Tokyo.
French translation rights arranged with KADOKAWA CORPORATION, Tokyo,
through TUTTLE-MORI AGENCY, INC., Tokyo.

**Edition française :**
Reborn as a vending machine Vol.1

Traduction : Alexandre Fournier
Lettrage : Anne Demars
Maquette de couverture : Daphné BELT
Correction : Sophie Petitprêtre


ISBN : 9782379505515
Dépôt légal : Septembre 2024 – D/2024/0089/275

Achevé d'imprimer en Italie en Août 2024 par L.E.G.O. Spa,
Via Galileo Galilei 11, 38015 Lavis (Trento)
Suivez-nous sur Facebook / Twitter / Instagram
Vega-Dupuis est un label de Editions Dupuis S.A., rue Destrée 52, 6001
Marcinelle, Belgique

# POSTFACE

Je suis Kunieda. Merci beaucoup d'avoir acheté ce manga.

Lorsque je dessine mes planches, j'ai l'habitude de descendre acheter une boisson énergétique au distributeur installé devant chez moi, mais elle est souvent en rupture de stock…

D'ailleurs, j'ai découvert que cette boisson était bien moins chère au supermarché. Autant dire que j'étais quelque peu dépité…

J'ai conscience qu'il est plus économique d'acheter un pack entier, mais je ne résiste pas à l'appel du distributeur. Cette machine est vraiment magique.

九二枝
**Kunieda**

MÊME DES CHASSEURS TALENTUEUX SONT À COURT D'IDÉES...
UN RAMASSIS DE BLESSÉS N'A AUCUNE CHANCE !
IL FAUT AU MOINS LA RALENTIR !
JE N'AI PAS UN PRODUIT POUVANT GÊNER CETTE GRENOUILLE ?!
AH LÀ LÀ !
TROUVONS UN TRUC !
AH !
EN ASSOCIANT TOUT ÇA, JE POURRAI GAGNER DU TEMPS !
J'AI PLUS DE 6 000 POINTS !
ALLEZ !

GNIIIII !
OH... ON BOUGE !
QUELLE PUISSANCE !
PAR CONTRE ...
AH... AAAAAAH !!
BWAH
C'EST TROP TARD !
LA BESTIOLE VA NOUS RATTRAPER !
MA BARRIÈRE NE PROTÈGERA QUE LAMMIS !!
COMMENT SAUVER LES BLESSÉS ?!
JE DOIS TROUVER UNE SOLUTION !

EUH...
CLAC
POF
TU...
TU FAIS QUOI ?!
HÉ, OH !!
POURQUOI TU L'AS LAISSÉ PARTIR ?!
DOM
DON DOM
TU VEUX QU'ON CRÈVE ?!
TCHAK
PAS DU TOUT !
JE M'OCCUPE DE TIRER LE CHARIOT !

LE SANGLI-CORNE EST FIGÉ !
LE ROI DES GRENOUIL-LONS L'EFFRAIE !
ALLEZ ! DU NERF !!
CRUiiiii
LE CHARIOT PORTANT LES BLESSÉS EST COINCÉ !
DOM
LAMMIS !
BOM
JE DOIS LES AIDER !
OH !
EXACT !
DANS LE PIRE DES CAS, J'UTILISERAI MA BARRIÈRE POUR PROTÉGER LAMMIS !

MISÈRE... LE FEU REND LE CORPS-À-CORPS IMPOSSIBLE...
COMMENT ON POURRAIT CALMER SES ARDEURS ?
GWOOOOH
DOM-MAGE.
DOM-MAGE.
AH !
OUI, ON DOIT S'ENFUIR !
CROTTE !

TCHAK
CLING
CLING
FWIT
RAH, C'EST BRÛLANT !
BAM
SA CARAPACE EST TROP SOLIDE !
ET LES FLAMMES M'EMPÊ-CHENT DE VISER !

FSHAAA
SFRASH
ジュワッ
HAAA...
MON EAU S'ÉVAPORE IMMÉDIA-TEMENT...
MAIS C'EST TOUT CE QUE JE PEUX FAIRE.
STAP

ドッゴオ
CRO

HAKKON !
BIENVENUE.

CAPI-
TAINE...
LES
AVEN-
TURIERS DU
CAMP SONT
INCAPABLES
D'AFFRONTER
LE ROI...
OUAIS,
FAUT
QU'ILS SE
TIRENT.
HÉ,
PARTEZ...
FUYEEEZ !!
?!
BATTEZ EN
RETRAITE !
QUE TOUT
LE MONDE
QUITTE LES
LIEUX !
FUYEEEEEEZ !!
ABANDONNEZ
LES
PROVISIONS !

MERDE, IL S'EN-FLAMME !
ÇA VEUT DIRE QU'IL EST ENRAGÉ !
GWOOOOH
OH LÀ LÀ, J'EN REVIENS PAS !
CROA
SON CORPS EST EMBRASÉ... CE SERAIT UNE SORTE DE BÉNÉDICTION ?!
POUR NOUS, C'EST MAUVAIS SIGNE !
STAP
TSSS !
IL EST TROP PRÈS DU CAMPEMENT !
IMPOSSIBLE DE L'APPROCHER, SES FLAMMES SONT TROP CHAUDES !
Bon sang !

ATTEN-DEZ !
QU'EST-CE QU'IL FOUT ICI ?!
JE CROYAIS QU'UNE ÉQUIPE S'EN OCCUPAIT !
ZWOAH
BWOOOH
ZDOOOM

BWOOOOH
?!
ZDUUUM
C'EST...
LE ROI DES GRENOUILLONS ?!

Il est attaché...
AH LÀ LÀ, J'TE JURE !
TOUT VA BIEN, HAKKON ?
BIENVENUE.
PAF
PAF
...
DUN...
TU ES UN PEU SALE...
JE TE LAVERAI AU VILLAGE.
PATIENCE !
DUM
DUM...
J'AI HÂTE DE RENTRER !
MÊME SI JE NE RESSENS RIEN...
J'AIME BIEN ME FAIRE BICHONNER.
DUUUM
HM ?

ARGH !
LAMMIS ...
LUI, C'EST GUGOYLE.
UNE FRIPOUILLE CONNUE POUR SA KLEPTOMANIE.
LA FERME !!
AH BON ?
DANS CE CAS, PAS BESOIN D'Y ALLER DE MAIN MORTE, HEIN ?
HIII !
GYAAAH !

C'EST PAS C'QUE TU CROIS !
J'VOULAIS RÉCUPÉRER MON ACHAT...
MAIS IL M'A BALANCÉ UNE BOUTEILLE BOUILLANTE !
BIEN JOUÉ, LAMMIS !
TES TALENTS DE DÉDUCTION M'IMPRESSIONNERONT TOUJOURS !
N'IMPORTE QUOI !
C'EST LUI QU'EST DÉTRAQUÉ ...
Qu'est-ce qui se passe ?
Un souci ?
TU N'AS RIEN FAIT DE LOUCHE, AVANT ÇA ?
TU CONFIRMES ?
DOMMAGE.
HAKKON DIT QUE TU MENS.
HEIN ?!
TU CROIS CETTE BOITE PLUTÔT QU'UN HUMAIN ?
ÉVIDEMMENT, JE LUI FAIS CONFIANCE !
LAMMIS ! TU MÉRITES UN CÂLIN !
Mais je n'ai pas de bras !

QU'EST-CE QUE TU LUI VEUX ?
SWIP
GYAH !
SHRIK

BORDEL !!
TU L'AURAS VOULU, BOÎTE À LA CON !
ZWISH
GWOOH
J'VAIS T'RÉDUIRE EN MORCEAUX !
TCHAK
J'UTILISE MA BARRIÈRE ?
NON, AUTANT LE LAISSER M'ATTAQUER...
IL VERRA QUE C'EST INUTILE, CETTE TÊTE D'ÂNE.
STAC
BAH ?
Les dégâts seront minimes.

HM ?
C'EST POUR T'EXCUSER ?
HÉ HÉ... TU VOIS, QUAND TU VEUX !
TU ES TOMBÉ DANS MON PIÈGE, ABRUTI !
SCHLONG
C'EST QUOI, CE BRUIT ?
ATTRAPE CETTE SOUPE DE MAÏS CHAUFFÉE AU MAXIMUM !!
PSCHUUUUU
RAAAH, ÇA BRÛÛÛLE !!
ZWUSH

WOAH!
EUH... OOOH !
CE TRUC PARLE VRAIMENT !
C'EST DINGUE, ÇA !
BAM
SALOPERIE !
TU COMPRENDS C'QUE J'DIS ? ALORS, RABOULE LES PIÈCES, ET VITE !
SINON, J'T'ÉCLATE ! PIGÉ ?!
BONG
BONG
OUH LÀ...
IL SE PREND POUR QUI ? JE N'AI PAS DE BRAS NI DE JAMBES...
PAR CONTRE...
CLONG

JE ME DEMANDE BIEN... CE QUE JE POURRAIS ACHETER !
ZIEUTE
ZIEUTE
FRSH
FWIT
IL A SORTI... UN CROCHET ?!
CE TYPE VEUT ME VOLER MES SOUS ?!
IL NE VA PAS ÊTRE DÉÇU DE L'ACCUEIL...
BIENVENUE.
GLOUPS
BIP
BIP
GNÊ ?!

## Chapitre 6 Embrouilles

JE TE LAISSE QUELQUES INSTANTS.
NE SOIS PAS TROP TRISTE !
BONNE JOURNÉE ET À BIENTÔT.
TU SOUS-ENTENDS QUOI ?
Je reviens !
STAP
HM...
FWIP
HÊ HÊ...
LA GOURDE EST PARTIE AILLEURS.
HÉ HÉ
HEIN ?

JE CROIS QUE...
JE VAIS BIENTÔT ME METTRE À VENDRE DE L'ALCOOL, ÇA DEVRAIT BIEN MARCHER.
COCKTAILS, SAKÉ ET J'EN PASSE...
AH, ET AUSSI DES BOISSONS GAZEUSES !
L'AUTRE JOUR...
HUMPF
J'EN AI PROPOSÉ UNE À LAMMIS, MAIS...
SPLAAASH
ELLE A AGITÉ LA BOUTEILLE EN ESSAYANT DE L'OUVRIR, ET TOUT A GICLÉ...
JE VAIS OPTER POUR DES BOISSONS PAS TROP PÉTILLANTES.
ATTENDONS LE RETOUR DES AUTRES, IL Y AURA SÛREMENT UN BANQUET POUR FÊTER LEUR VICTOIRE.
EXCUSEZ-MOI ! J'AI BESOIN D'AIDE POUR SOIGNER LES BLESSÉS !
J'ARRIVE !

C'EST L'HEURE DE FAIRE QUELQUES VENTES !
BIENVENUE.
BIENVENUE.
DES PLATS CHAUDS ET DES BOISSONS SONT DISPONIBLES !
CES DERNIÈRES COÛTENT UNE PIÈCE D'ARGENT !
MOUAIS… CETTE ESPÈCE D'EAU BLANCHE A UN GOÛT ÉTRANGE.
MAIS IL PARAÎT QU'ELLE REDONNE DES FORCES.
Fouah !
QUEL BONHEUR DE MANGER CHAUD SANS FAIRE DE FEU.
ET ON N'A PAS BESOIN DE RANGER, C'EST PARFAIT.
モモモ…
JE VEUX ÇA DANS MON ÉQUIPE.
ズモモ
GWOOOH
J'AI L'IMPRESSION QUE TOUT LE MONDE ME DÉVISAGE.
Attention…

COMME SON NOM L'INDIQUE, C'EST LUI QUI DIRIGE CES CRÉATURES.
SEULS DES GUERRIERS... DU NIVEAU DES ANDOUILLES ARMÉES SONT À MÊME DE L'AFFRONTER.
DE NOTRE CÔTÉ...
NOUS SOMMES ÉVIDEMMENT RESTÉS AU CAMP.
APRÈS TOUT, NOUS SOMMES CHARGÉS DU RAVITAILLEMENT !
ZDOM
DUM
HUF

EFFECTI-VEMENT...
J'AI AUSSI MA PETITE IDÉE...
OUI...
CE N'EST QU'UNE HYPOTHÈSE, MAIS...
...
HM ?
Quoi ?
CRACHEZ LE MORCEAU !
LE ROI DES GRENOUILLONS DOIT ÊTRE DANS LES PARAGES.
IL DOIT ÊTRE COSTAUD !
Ça sent mauvais...

TA TROUPE EST FIDÈLE À SA RÉPUTATION.
OOOH, C'EST LE PRÉSIDENT...
À L'ÉPOQUE, C'ÉTAIT UN CHASSEUR DE RENOM. ÇA SE COMPREND !
Ses griffes sont pleines de sang.
J'AVAIS PEUR DE VOUS GÊNER...
LOIN DE LÀ, JE TE REMERCIE.
GRÂCE À VOUS, NOUS AVONS PU MAÎTRISER L'ENNEMI ...
PAR CONTRE, LES GRENOUILLONS ÉTAIENT BEAUCOUP PLUS NOMBREUX QUE PRÉVU...
ET PLUS CORIACES QUE D'HABITUDE.
SE BATTRE JUSQU'AU DERNIER SOUFFLE NE LEUR RESSEMBLE PAS.
À MON AVIS...
ÇA CACHE QUELQUE CHOSE...

MERCI POUR TON AIDE, KERIOIL.
STAP
STAP

SPORTS DRINK
APOCALY
WET

EH BIEN...
VU LA QUANTITÉ D'ENNEMIS ICI...
ÇA DOIT ÊTRE ENCORE PIRE AU FRONT.
ON POURRAIT PEUT-ÊTRE LEUR DONNER UN COUP DE MAIN...
NOUS AVONS POUR MISSION ...
DE PROTÉGER LES VIVRES ET CETTE FILLE TRANSPORTANT LA BOÎTE.
JE SAIS...
MAIS ...
C'EST L'OCCASION DE RENFLOUER NOS CAISSES.
Vous aurez droit à un bonus.
...
AH LÀ LÀ, J'AI COMPRIS...
SI LAMMIS EST D'ACCORD ...
NOUS POUVONS NOUS RENDRE AU FRONT.
JE VOUS SUIS !
MOI AUSSI, J'AI ENVIE DE LES AIDER !
ÇA TE VA, HAKKON ?
J'ÉTAIS SÛR QU'ELLE ALLAIT ACCEPTER.
JE N'Y VOIS AUCUN INCONVÉNIENT !
BIENVENUE.

BON ! VOUS LES AVEZ TOUS TUÉS ?
N'OUBLIEZ PAS DE COUPER LEURS LANGUES.
On les donnera au comité.
AIDEZ-NOUS, CAPITAINE !
ELLES SONT VISQUEUSES, C'EST DÉGOÛTANT !
PFEUH ...
SI JE SUIS CAPITAINE, C'EST JUSTEMENT POUR ÉVITER LE SALE BOULOT.
ESCROC !
PAYEZ-NOUS MIEUX !
PERVERS !
HI HI
CAPI-TAINE. QUELS SONT VOS ORDRES ?
Ils manquent pas d'air...

NON, C'EST CELLE DE HAKKON !
TADAH
ARF !
HAAA...
BON, TANT PIS !
LAMMIS N'EST PAS DU GENRE À DOUTER DES AUTRES, C'EST TOUT À SON HONNEUR !
EH BEN...
HÉ HÉ
ニヤァ...
J'ESPÈRE QU'ON DEVIENDRA POTES, HAKKON.
IL FAIT PEUR À VOIR...
IL A VRAIMENT ENVIE DE S'EMPARER DE MOI.
Je dois rester sur mes gardes !

OUPS... PARDON !
ET NOTRE COMMUNICATION SANS FAILLE, ALORS ?
CONCENTRE-TOI SUR LE COMBAT !
Elle n'est pas habituée aux compliments.
MAIS...
D'OÙ SORT CETTE LUMIÈRE BLEUE ?
ELLE SEMBLE REPOUSSER LES ENNEMIS...
JE N'AVAIS JAMAIS VU ÇA !
C'EST TA BÉNÉDICTION, MA PETITE ?
PAS QUESTION QU'IL DÉCOUVRE MON SECRET, JE N'AI AUCUNE CONFIANCE EN LUI...
ENFUME-LE, LAMMIS !

TU TE DÉBROUILLES PAS TROP MAL !
Kerioil-!
TU ES AUSSI AGILE QUE DÉVASTATRICE...
JE SUIS IMPRESSIONNÉ !
SWASH
VRAIMENT ?
JE VAIS ROUGIR !
TENTEZ DE GAGNER UNE AUTRE BOUTEILLE.
PAS LA PEINE DE T'Y METTRE AUSSI, HAKKON !
FRAH
ZWISH

FWISH
FWASH
FWUSH
FRSH
J'HALLUCINE ! ELLE NE LOUPE AUCUNE CIBLE !
ELLE A VRAIMENT TRAVERSÉ UNE MAUVAISE PASSE ?
BWOOOH
JE NE SUIS PAS UN EXPERT, MAIS...
SES COUPS ET ESQUIVES SONT DIGNES D'UNE PRO DES ARTS MARTIAUX...
MAIS OUI ! ÇA ME REVIENT !
MON MAÎTRE M'AVAIT OBLIGÉE À M'ENTRAÎNER AVEC UN ROCHER SUR LE DOS !
J'AI SUIVI UN PROGRAMME INFERNAL, À L'ÉPOQUE !
HA
ELLE AVAIT UN MAÎTRE ?!
!
ÇA SIGNIFIE...
QU'ELLE A TOUJOURS EU DES BASES SOLIDES.
IL LUI FALLAIT JUSTE QUELQUE CHOSE POUR EN TIRER PROFIT !

STAP
...
SWASH
GNUP
BAM
ZBRAM
LAMMIS A TOUJOURS...
SPROTCH
ÉTÉ AUSSI PUISSANTE ?
FWIP

HOP !
BWAM
BIEN, UTILISE CETTE PHRASE COMME AVERTISSEMENT !
BIENVENUE.
SUPER !
ON ARRIVE ENFIN À COMMUNIQUER DE MANIÈRE PLUTÔT FLUIDE !
On est sur la même longueur d'onde !

FRASH
FRASH
HAKKON !
ALERTE-MOI QUAND IL Y A DES ATTAQUES DANS MON DOS !
BIENVENUE.
TENTEZ DE GAGNER UNE AUTRE BOUTEILLE.
SWASH
AH !
SWIP

SHRI
TENTEZ DE GAGNER UNE AUTRE BOUTEILLE.
HEIN ?
ME DIS PAS QUE...
C'EST TOI, HAKKON ?!
BIENVENUE.
BAH ÇA ALORS !
MERCI !
TA CANDEUR EST UNE PRÉCIEUSE QUALITÉ...
SWIP
JE COMPTE SUR TOI SI JAMAIS JE SUIS EN DANGER.
BIENVENUE.
FWIT

MAIS...
C'ÉTAIT QUOI, CETTE LUMIÈRE ?
FIOUH...
C'EST MAUVAIS POUR MON CŒUR.
NE RISQUE PAS TA VIE POUR UN DISTRIBUTEUR, LAMMIS...
JE TE SUIS RECONNAISSANT, MAIS...
TA GENTILLESSE TE PERDRA !
C'EST TOI QUI AS FAIT ÇA ?
FWIP
FWIP
AH ? QUI A GÉNÉRÉ CE MUR DE LUMIÈRE, ALORS ?

J'ACTIVE MA BARRIÈRE !
ZWISH
BADA
CROA?!
SPLAC

Chapitre 5
Tout le monde a besoin d'un distributeur

REBORN AS A VENDING MACHINE

ZDUM
ATTENTIOOON !!
STAP
LAMMIS, NON !
UTILISE-MOI COMME BOUCLIER !!
SHRiii

FWUSH
KYAH !
BAM
CROAAA!

FWIP
HUMPF ...
ELLE SEMBLE PERDUE !!
ELLE ESSAIE DE ME PROTÉGER ?
ZUT... SI SEULEMENT JE N'AVAIS PAS PRIS CE COUP !
FWIP
AAAAH !!
LA SITUATION SE DÉGRADE...
STAP
GROAAH

!
4 dégâts subis.
4 points de durabilité perdus.
Distributeur automatique Hakkon
PT 3 600
Durabilité 96/100
Défense 10
Force 0
C'ÉTAIT SÛR...
DEUX ADVERSAIRES À LA FOIS, C'EST TROP POUR ELLE.
CECI DIT, ELLE N'A PEUT-ÊTRE PAS ENCORE BESOIN DE MA BARRIÈRE, SI ?
Je peux encaisser quelques dizaines de coups.
PARDON ! ÇA VA ?!
J'AI DU MAL À LES SENTIR VENIR DERRIÈRE !
BIENVENUE.
STAP
EXCUSE-MOIII !
NE T'EN FAIS PAS, VA !
ATTENTION, UN AUTRE ENNEMI APPROCHE !
AH LÀ LÀ, ÇA M'AGACE DE NE PAS POUVOIR LE LUI DIRE !
SNIIIF

ZWAN
ZWASH
CLONG
QUE...
HAKKON ?!

JE M'OCCUPE DE CEUX QUE TU AS LOUPÉS !
MERCI !
C'EST SYMPA !
LE PRO-BLÈME...
C'EST QUE LAMMIS LES AFFRONTE UN PAR UN...
SWIT

BAAM

SHRA
BON SANG !
TSSS !
OUBLIEZ LES CHARIOTS, PROTÉGEZ VOS ALLIÉS !
SRASH
CLING
ILS SONT TROP NOMBREUX !
SAUVER NOS AMIS EST NOTRE PHILOSOPHIE !
FRASH
PREMIÈRE NOUVELLE !
ON EST SUBMERGÉS !!
ARGH !
SHTAK
JE NE TIRE PAS ASSEZ VITE !
?!
GROAH

FRSH
MAIS ?!
SFRSH
CROA!
SFRSH
CROA!
JE CROYAIS QUE LES ENNEMIS N'ALLAIENT PAS ÊTRE NOMBREUX !
CROA!
POURQUOI IL Y A AUTANT D'ENNEMIS À L'ARRIÈRE ?!
ÇA VEUT DIRE QUE C'EST ENCORE PIRE AU FRONT...
ÇA SENT MAUVAIS !!
ILS APPRO-CHENT !
GWOOOOH

J'EN APPELLE À L'EAU.
QUE DES TOURBILLONS ...
LES TRANSPERCENT.
FRASH
FRASH
WOAH ! ILS SONT CORIACES !
LA VICTOIRE EST ASSURÉE !

ZWAAA
ASH
SHTOK
SHTAK
SWISH

JE N'AI PAS ENVIE QUE LA RESPONSABLE DES PROVISIONS...
FASSE DE L'OMBRE AUX ANDOUILLES ARMÉES !
FONCEZ DANS LE TAS !
SHTAK
CROA!
SWISH
SPASH

ZWUSH
BAH ?
OH ! JE L'AI EU !
COMME JE FAIS DES PETITS MOUVEMENTS POUR NE PAS TE SECOUER...
MA PRÉCISION A AUGMENTÉ !
JE... JE VOIS !
ELLE ARRIVE MIEUX À TOUCHER SES CIBLES EN BOUGEANT COMME ÇA.
AVANT, SA FORCE EMPORTAIT SON CORPS TROP LÉGER, MAIS GRÂCE À MOI...
ELLE A TROUVÉ LE BON ÉQUI-LIBRE.
MAZETTE ! TU ES SURPUIS-SANTE !
BIEN JOUÉ, MA PETITE !
PAR CONTRE ...

ZDOM
ZDOM
ZWASH
BAAM

SFRSH
SFRSH
ON Y EST, HAKKON !
COMBAT-TONS ENSEMBLE !
ELLE NE COMPTE PAS ME POSER ? ENFIN, C'EST ELLE QUI DÉCIDE...
MON POIDS N'A PAS L'AIR DE LA DÉRANGER.
BIENVENUE.
JE VAIS LA PROTÉGER. À ELLE DE BIEN VISER, MAINTE-NANT.
FWIT
ZUIIN
YAH !
DOM

CROA!
CROA CROA!
CROA!
GWOOOH

NOUS ALLONS LANCER L'ASSAUT SUR LE REPAIRE DE L'ENNEMI !
VOUS AVEZ TOUS ÉTÉ BRIEFÉS !
LA VICTOIRE EST À NOUS, C'EST CERTAIN !
QUE PERSONNE NE BAISSE SA GARDE...
ALLEZ !
EN AVANT !
ZWAM
OOOH !!

PRÉSI-DENT... MERCI !
COMPTEZ SUR MOI... NON, SUR NOUS !
JE FERAI DE MON MIEUX !
LAMMIS EST MA PREMIÈRE CLIENTE, MAIS SURTOUT MA PREMIÈRE AMIE.
JE NE PEUX PAS BOUGER, MAIS J'AI MA BARRIÈRE !
PEU IMPORTE LE COÛT EN POINTS, JE LA PROTÉGERAI !

ÇA TE DÉRANGE PAS DE VENIR ? TU ES D'ACCORD ?
JE NE RESSENS PAS LA DOULEUR, ET JE ME SOIGNE AVEC MES POINTS.
SI TU VEUX TE BATTRE, JE TE SUIS.
BIENVENUE.
HAKKON !!
J'AIME-RAIS BIEN ACQUÉRIR UNE AUTRE BÉNÉ-DICTION, MAIS...
JE MANQUE DE POINTS !!
LA MOINS CHÈRE COÛTE UN MILLION, C'EST DINGUE !
ON PRENDRA PART AU COMBAT, PRÉSIDENT !
SWIT
PAS DE REGRETS ?
ENTEN-DU...
LAM-MIS...
AIE CONFIANCE EN TOI, TA FORCE EST UN MERVEILLEUX ATOUT POUR UNE CHASSEUSE.
J'AI HÂTE DE VOIR TES PROUESSES LORS DE LA BATAILLE !

NOUS ALLONS ENFIN ATTAQUER LA TANIÈRE DES GRENOUIL-LONS.
VOUS AVEZ LE CHOIX...
À VOUS DE VOIR.
SOIT VOUS RESTEZ AU CAMPEMENT, SOIT VOUS VENEZ VOUS BATTRE...
GLOUPS
MÊME À L'ARRIÈRE DU BATAILLON, VOUS AUREZ QUELQUES ENNEMIS...
ET RESTER ICI VOUS EXPOSERA AUX ATTAQUES DES SURVIVANTS ET D'AUTRES MONSTRES.
DANS LES DEUX CAS, VOUS NE SEREZ PAS EN SÉCURITÉ.
JE... JE SUIS UNE CHASSEUSE AVANT TOUT !
ON IRA SUR LE CHAMP DE BATAILLE...
AH... PARDON !
TOI, TU PRÉFÈRES SANS DOUTE ÉVITER ÇA...
AH !
DOM-MAGE.
HEIN ?

NOUS ALLONS PASSER LA NUIT ICI.
CHACUN S'OCCUPE DE SON BIVOUAC.
BIEN REÇU !
STAP
ドッスン
OH, PRÉSI-DENT !
PARDON D'INTER-ROMPRE TON REPAS.
JE PEUX TE PARLER ?
C'EST À PROPOS DE DEMAIN...
MIOM
は

Chapitre 4 L'assaut

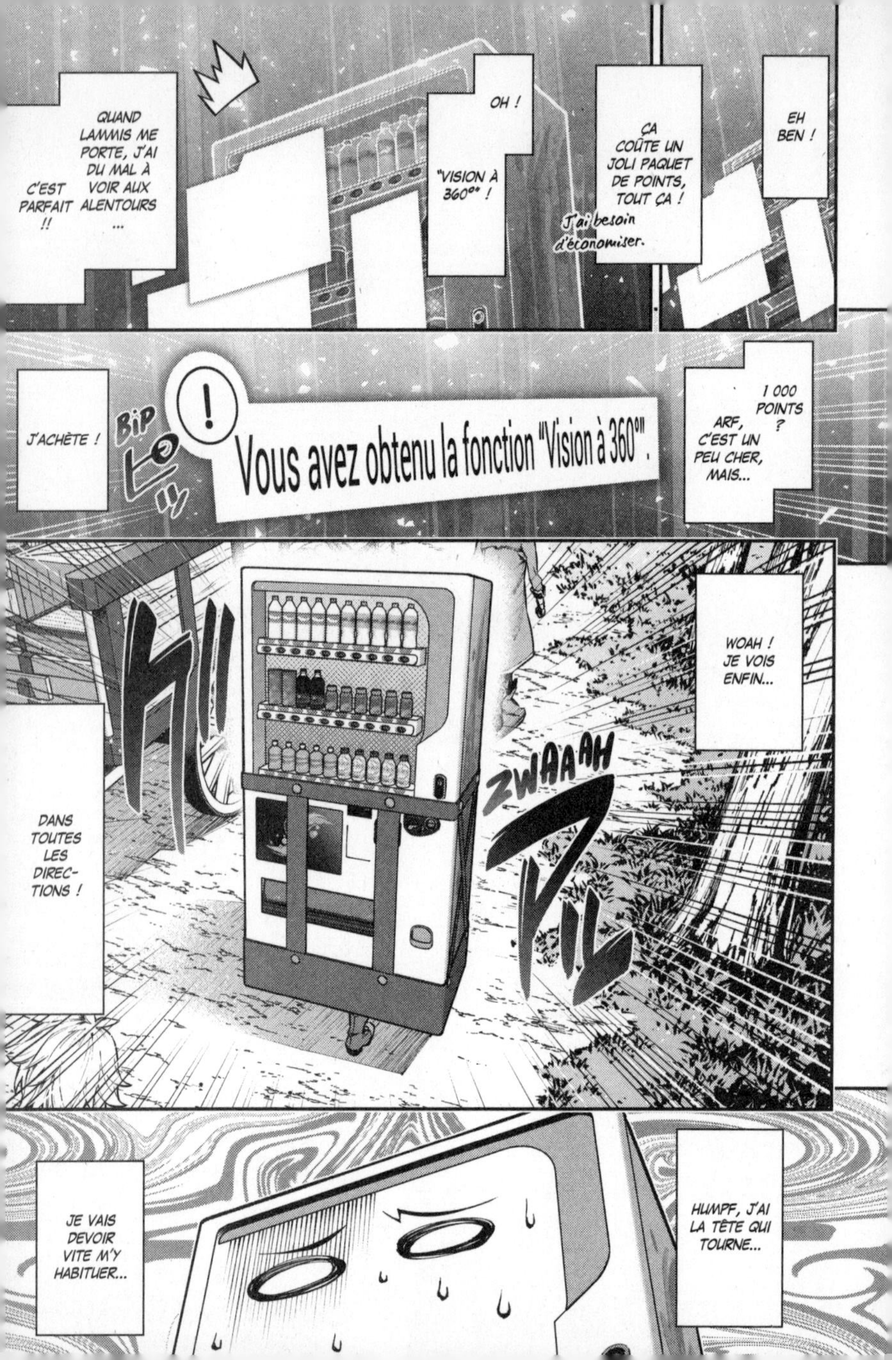
EH BEN !
ÇA COÛTE UN JOLI PAQUET DE POINTS, TOUT ÇA !
J'ai besoin d'économiser.
OH !
"VISION À 360°" !
QUAND LAMMIS ME PORTE, J'AI DU MAL À VOIR AUX ALENTOURS...
C'EST PARFAIT !!
1 000 POINTS ?
ARF, C'EST UN PEU CHER, MAIS...
Vous avez obtenu la fonction "Vision à 360°".
BIP
J'ACHÈTE !
WOAH ! JE VOIS ENFIN...
ZWAAAH
DANS TOUTES LES DIREC-TIONS !
HUMPF, J'AI LA TÊTE QUI TOURNE...
JE VAIS DEVOIR VITE M'Y HABITUER...

QUEL CALME...
NORMAL, LES CHASSEURS COMBATTENT À L'AVANT.
MOI, JE SUIS TOUT DERRIÈRE.
FOUAH
VRRR
VRRR
VRRR
PROFITONS-EN...
FWAH
POUR FAIRE LE POINT SUR MES POUVOIRS ET FONCTIONS !
BIEN...
JE COMMENCE À AVOIR UNE LARGE GAMME DE PRODUITS.
Parfait !
Distributeur automatique Hakkon
PT 3 600
Durabilité 100/100
Défense 10
Force 0
Vitesse 0
Adresse 0
Magie 0
<Fonctions>
Refroidissement Réchauffement Eau chaude (pour les nouilles)
<Bénédic
Barrière
Produits disponibles
(Froid) Eau minérale
(Froid) (Chaud) Thé au lait
(Froid) (Chaud) Thé citron
(Froid) Boisson énergétique
(Froid) Jus d'orange
(Chaud) Soupe de maïs
(Chaud) Oden en boîte
(Temp. ambiante) Chips
(Temp. ambiante) Nouilles kitsune udon
(Temp. ambiante) Nouilles ramen tonkotsu
(Temp. ambiante) Nouilles ramen soja
(Temp. ambiante) Nouilles ramen salé
1 000 1 pièce d'argent (130 ex.
1 000 1 pièce d'argent (124 ex.
1 000 1 pièce d'argent (65 ex.
1 000 1 pièce d'argent (78 ex.
1 000 1 pièce d'argent (65 ex.
1 000 1 pièce d'argent (119 ex.
1 000 3 pièces d'argent (56 ex
3 000 1 pièce d'argent (136 ex
1 000 2 pièces d'argent (85 ex
2 000 2 pièces d'argent (92 ex
2 000 2 pièces d'argent (88 ex
2 000 2 pièces d'argent (89 ex
2 000
À PART ÇA...
QUELLE FONCTION POURRAIT M'ÊTRE UTILE ?
TIENS DONC, JE PEUX MODIFIER PAS MAL DE CHOSES.
LE MOTIF DE MA CARCASSE, LE DESIGN DES BOUTONS...
JE PEUX MÊME AJOUTER UN PANNEAU LUMINEUX !

CE REPAS CHAUD ET SAVOUREUX EST À LA PORTÉE DE TOUT LE MONDE !
LES INSTRUCTIONS SONT DESSINÉES, C'EST TRÈS FACILE !
ON PEUT MÊME DEMANDER UNE FOURCHETTE POUR MANGER !
CUP RAMEN
Nouilles instantanées
ET VOILÀ !
ENCORE UNE AFFAIRE RONDEMENT MENÉE !
JE M'EXCUSE AUPRÈS DES VIVRES TRIMBALLÉS JUSQU'ICI !
MES PRODUITS ORIGINAUX, RAPIDES À PRÉPARER ET AU GOÛT ISSU D'ANNÉES DE RECHERCHE ET DE DÉVELOPPEMENT...
M'ONT PERMIS DE GAGNER LA PARTIE !
Je suis fier de mon (ancien) pays !
Il n'est pas à manger.
CÔTÉ PRIX, JE LES AI MISES À DEUX PIÈCES D'ARGENT.
J'AURAIS PU LES FIXER À TROIS, MAIS J'AI ENVIE D'ÊTRE GÉNÉREUX...
ENVERS CES COMBATTANTS PRÊTS À EN DÉCOUDRE AVEC LES MONSTRES !
Merci pour votre achat. Bonne journée et à bientôt.

HAAA
C'EST TROP BOOON !
ÇA RÉCHAUFFE LE CORPS !
LE GRAND MACHIN MARRON EST BIEN GOÛTU !
CE QUE TU MANGES A L'AIR EXCELLENT... JE VEUX TESTER !
HA HA HA !
ON SE RÉGALE, HEIN ?!
MERCI POUR VOS ACHATS, CHERS CHASSEURS !
TADAAAM
J'AI TOUT PRÉVU !
AVANT LE DÉPART, J'AI DÉPENSÉ 1 000 POINTS POUR AJOUTER LA FONCTION "EAU CHAUDE"...
ET QUATRE TYPES DE NOUILLES INSTANTANÉES !
CUP RAMEN!! SIO

TROP BON !
MIAAAM !
JE DÉCOUVRE UNE TONNE DE NOUVELLES SAVEURS !
DOOOOM
T'ES LE MEILLEUR, HAKKON !
Bienvenue.
SLUUUURP
SLUURP
SLURP
SLUUURP

Campement
SLUUURP
HUUUM !
CES PÂTES SONT SUCCULENTES, LAMMIS !
CONTENTE QUE ÇA TE PLAISE, SHUI !
CUP

N'EMPÊCHE, IL SE REMPLIT SANS RAVITAILLEMENT MANUEL...
IL AURAIT UN STOCK DANS UNE DIMENSION PARALLÈLE ?
FWIP
FWIP
LEEMON
J'Y AI PENSÉ...
ON DIRAIT QUE JE SUIS UN DISTRIBUTEUR PLUS QU'ÉTRANGE...
Je m'en doutais.
BON, ATTENDONS UN PEU AVANT D'UTILISER LA BARRIÈRE.
TOUTES LES BÉNÉDICTIONS NE SONT PAS LIÉES À LA MAGIE...
MAIS JE DOUTE QU'UN TAS DE FERRAILLE PUISSE EN OBTENIR UNE.
Effectivement...
FIGUREZ-VOUS QUE C'EST LE CAS.
BREF...
TU AS L'AIR D'ÊTRE TRÈS SPÉCIAL.
TANT QUE TU NOUS AIDES, JE ME MOQUE DES DÉTAILS.
MERCI POUR VOTRE ACHAT.
HM... QU'EST-CE QU'IL EST LOUCHE !
À MOI DE PROTÉGER LAMMIS, J'AI PEUR QU'IL N'ABUSE DE SA GENTILLESSE.

OH ! ELLE A UTILISÉ DE LA MAGIE ?!
Il va bien ?
JE N'EN AVAIS ENCORE JAMAIS VU, C'EST FASCINANT !
J'ignorais qu'on pouvait toucher ses alliés.
FILMINA ! CONTRÔLE TES POUVOIRS !
QU'EST-CE QUE VOUS ME VOULEZ ?
TSSS
TU T'Y CONNAIS EN ARTEFACTS ET RELIQUES, NON ?
TU PEUX M'EN DIRE PLUS SUR HAKKON ?
JE ME SUIS PENCHÉE DESSUS, MAIS...
Hm...
IL N'A PAS D'AURA MAGIQUE...
C'EST UNE BÊTE BOÎTE DE FER.
C'EST NORMAL...
JE SUIS UN DISTRIBUTEUR AUTOMATIQUE, NON ?
"Une bête boîte"...

HM ?
SWOOOSH
FAIS GAAAFFE !
DAM
SWASH
JE NE VOUS ESPIONNAIS PAS, CAPITAINE.
VOUS PARLEZ TROP FORT, VOILÀ TOUT.
On vous entend de loin.

BONNE JOURNÉE ET À BIENTÔT.
IL PARLE VRAIMENT ...
Impressionnant !
C'EST LA PREMIÈRE FOIS QUE JE VOIS UN RÉCIPIENT COMME ÇA...
COMMENT A-T-IL DESSINÉ CETTE ILLUSTRATION SI RÉALISTE ?
TEA WITH LEMON
LEEMON
Thé citron
GOÛTONS CE TRUC ...
GLOU
WOAAAH, UN RÉGAL !
TU TE FERAIS UNE FORTUNE EN T'INSTAL-LANT CHEZ LES BOURGEOIS !!
COMMENT TU REMPLIS TON STOCK ?
TOUTES SES REMARQUES...
ME DISENT QU'IL EST CALCULATEUR.
JE NE L'AI JAMAIS VU SE RÉAPPRO-VISIONNER !
BIZARRE, HEIN ?
Il a pourtant vendu des centaines de produits !
EH BEN, QUELLE BOÎTE INTRI-GANTE...
FILMINA ! JE SAIS QUE TU NOUS ÉCOUTES !
MONTRE-TOI !
ZWAH

!
RIEN N'ÉCHAPPE À LAMMIS !
ELLE EST DOUÉE POUR CAPTER LES PENSÉES DES AUTRES.
HA HA
DOMMAGE POUR VOUS !
C'EST MON AMI, ON EST INSÉPARABLES !
MALHEUREU-SEMENT, ELLE N'UTILISE PAS CE TALENT AU MAXIMUM...
Elle est comme ça.
HÉ HÉ... TU M'AS GRILLÉ.
J'AVOUE QUE ÇA M'ARRAN-GERAIT DE L'AVOIR À MES CÔTÉS.
LAISSE-MOI FÊTER NOTRE RENCONTRE AVEC UN ACHAT.
VRAIMENT ? INSÉREZ VOTRE PIÈCE DANS LA FENTE, ALORS.
CLONG
MERCI POUR VOTRE ACHAT.

CLONG
JE M'AP-PELLE KERIOIL.
RAVI DE VOUS RENCONTRER.
Par-dooon !!
VOICI HAKKON ! ET MOI, C'EST LAMMIS !
ENCHANTÉE !
DUM
J'AI ENTENDU PARLER DE TOI, HAKKON...
IL PARAÎT QUE TU DISTRIBUES DES PROVISIONS INSTANTANÉMENT.
TU ES PRATIQUE ...
UN PEU ENCOMBRANT, MAIS...
IL SUFFIT D'ENGAGER UN TRANSPORTEUR COMME CETTE FILLE, ET PAR ICI L'ARGENT.
AH !
VOUS VOULEZ VOUS EN EMPARER, C'EST ÇA ?
JE N'AIME PAS SON REGARD...
JE FERAIS MIEUX DE LE SURVEILLER.

TU ES DANS L'ÉQUIPE DE TRANS-PORT.
COMPTE SUR NOUS POUR PROTÉGER NOS PRÉCIEUX VIVRES ET OBJETS DE SOIN.
DE TOUTE MANIÈRE, LES COMBATS SERONT RARES.
LES GRENOUILLONS SONT PLUS AGITÉS QU'AVANT, MAIS BON...
ON A L'AVANTAGE.
D'accord...
AH, VOUS ÊTES DONC CHARGÉ DE M'ESCORTER ?
MERCI !
JE VOUS FAIS CON-FIANCE !
ZWOM
FWISH
OUH LÀ !
C'EST LA FAMEUSE BOÎTE QUI PARLE ?

TU PÈTES LA FORME, HAKKON...
Tu es chaud.
MOI, C'EST MA PREMIÈRE EXPÉDITION DEPUIS UN MOMENT.
JE STRESSE UN PEU...
HMNN
OUPS, PARDON...
Je suis surexcité !
Je viens avec vous !
FWIP
ENFIN, JE SUIS CONTENT QUE LAMMIS PARTICIPE AUSSI. ELLE EST CHARGÉE DE MON TRANSPORT.
EN CAS DE COUP DUR, J'AI MA BARRIÈRE...
DÉTENDS-TOI, MA PETITE !
STAP

BIENVENUE.
RÉPONSE IMMÉDIATE
C'EST LE JOUR J !
GAGNER LA CONFIANCE DU PRÉSIDENT DU COMITÉ DES CHASSEURS NE PEUT PAS FAIRE DE MAL...
ET PUIS...
C'EST L'OCCASION DE ME FAIRE CONNAÎTRE AUPRÈS D'UN TAS DE NOUVEAUX CLIENTS !
À plus tard !
PERSONNE NE RÉSISTERA À MA GAMME DE PRODUITS DÉLICIEUX ! HÉ HÉ HÉ !
FIOUH...

QU'EST-CE QU'IL ME VEUT ?
NOUS ALLONS BIENTÔT ATTAQUER LE REPAIRE DES GRENOUILLONS.
LEUR PÉRIODE DE REPRODUCTION APPROCHE, NOUS DEVONS AGIR AVANT QUE NOTRE VILLAGE N'EN PÂTISSE.
HAKKON, C'EST ÇA ?
J'AIMERAIS QUE TU PARTICIPES AUSSI.
MAIS...
IL NE PEUT PAS SE BATTRE.
JE LE SAIS.
IL SERA CHARGÉ D'OFFRIR DES PROVISIONS PENDANT LE TRAJET.
MÊME EN ÉTANT BIEN PRÉPARÉS, NOUS NE SAVONS PAS CE QUE NOUS RÉSERVE CETTE BATAILLE.
ÉVIDEMMENT, LES CHASSEURS PAIERONT DE LEUR POCHE...
ET JE COMPTE TE VERSER UN BONUS.
QU'EN DIS-TU ?
C'EST INTÉRESSANT...
ALORS ?
TU ACCEPTES ?

NOUS AVONS REÇU UNE REQUÊTE ...
IL Y A TROIS JOURS.
ぬうん...
FWIT
C'EST UN OURS ?!
BON-SOIR !
QUELLE SUR-PRISE !
LE PRÉSIDENT DU COMITÉ DES CHASSEURS NE VIENT PAS SOUVENT ICI.
HEIN ?!
CET OURS COM-MANDE LES CHAS-SEURS ?!
HÉ HÉ
BONSOIR... BELLE SOIRÉE, N'EST-CE PAS ?
J'AI UNE MISSION POUR CET ARTEFACT DOUÉ DE CONSCIENCE.

ICI, CE TERME DÉSIGNE LES AVEN-TURIERS !
LES GUILDES LEUR DEMANDENT DE CHASSER LES MONSTRES, RÉCOLTER DES INGRÉDIENTS ...
OU ENCORE TROUVER DES TRÉSORS. LA VIE DU DONJON TOURNE AUTOUR D'EUX !

QUE FAIT LA FILLE DE LA PATRONNE DE L'AUBERGE ...
AU MILIEU DE CETTE FOULE ?
Une livraison ?
OH !
VOILÀ LA CHASSEUSE GLOUTONNE !!
Notre cliente préférée !
Ah bon...
LA PATRONNE N'EST PAS MA MÈRE, JE SUIS UNE CHASSEUSE.
HÉ HÉ
!
COM-MENT ?!
JE NE LE SAVAIS PAS !
TOUT S'EXPLI-QUE !
Porter cette énorme boîte n'est pas donné à tout le monde.
LE RAID CHEZ LES GRENOUILLONS PROMET UNE SUPER PAIE.
PRESQUE TOUS LES CHASSEURS DE L'ÉTAGE SONT RÉUNIS, NON ?
DANS CE MONDE, LES "CHASSEURS" ...
NE SONT PAS COMME CHEZ MOI.

Chapitre 3 Expédition punitive
WOAH !
REGARDE TOUT CE MONDE, HAKKON !
BIENVENUE.
TIENS ?

REBORN AS A
VENDING
MACHINE

JE VOIS...
QUE LAMMIS EST DE RETOUR.

HEIN ?
C'EST UN OURS ?!

TENTEZ DE GAGNER UNE AUTRE BOUTEILLE.
ÇA, C'EST GRÂCE À LAMMIS.
MERCI POUR VOTRE ACHAT.
QU'EST-CE QUI TE PREND ?
C'EST PLUTÔT À MOI DE TE REMERCIER...
TU M'AS SAUVÉ LA MISE.
HM ?

J'AI FAIT UNE CHOUETTE RENCONTRE À L'AUBERGE !
UNE CHASSEUSE DE MON ÂGE, AVEC DE LA RESSOURCE ...
C'EST LA PREMIÈRE FOIS QU'ELLE EXPLORE CE DONJON.
ET TOI ? TU AS FAIT QUOI ?
HÉ HÉ ! TU T'ES AMUSÉ ?
J'ESPÈRE QU'ON ARRIVERA À SE PARLER, UN JOUR...
À MOI DE GAGNER DE L'ARGENT POUR REJOINDRE HULEMY.
ELLE SAURA NOUS AIDER, C'EST CERTAIN !
UN DISTRIBUTEUR DANS UN MONDE PARALLÈLE, C'EST LOUFOQUE...
MAIS JE SUIS PRÊT À PASSER LE RESTANT DE MES JOURS ICI.

SLAC
ZWUP
OOOH !
BIEN VU !
DE QUOI TE FACILITER LA TÂCHE !
ENFIN, ÇA RESTE QUAND MÊME VACHE-MENT LOURD...
JE VOUS LAISSE !
À DEMAIN !
JE VAIS TE RACONTER MA JOURNÉE...

LES GRENOUILLONS DEVIENNENT DANGEREUX, ILS ONT ATTAQUÉ PLEIN DE GENS.
ON DEVRAIT LANCER UN ASSAUT MASSIF.
BIEN-VENUE.
IL EST GENTIL, MAIS SES HISTOIRES NE M'INTÉRES-SENT PAS TROP...
LE PAUVRE DOIT S'EN-NUYER.
Je réponds par politesse.
PARLER M'A DONNÉ SOIF !
JE VAIS BOIRE UNE SOUPE...
JE PRENDS UN THÉ CHAUD SUCRÉ.
HEIN ? IL VEND ÇA ?!
ÇA ME DIT !
ILS M'ACHÈ-TENT UN TAS DE CHOSES.
VU LEUR QUANTITÉ DE TRAVAIL, LEUR SALAIRE EST SÛREMENT À LA HAUTEUR.
Bon boulot, les gars !
HAKKON !
C'EST MOI ! ON RENTRE ?
HA HA
BIENVENUE.
C'EST DÉJÀ L'HEURE, LAM-MIS ?
CES ALLERS-RETOURS DOIVENT T'ÉPUI-SER.
PAS DU TOUT, HI HI !
J'AI UN NOUVEL ACCES-SOIRE PRATI-QUE !
FWIT

HAKKON !!
LE SOIR, LAMMIS M'EMMÈNE À L'ENTRÉE PRINCIPALE.
DUM DUM
JE ME SUIS VITE LIÉ D'AMITIÉ...
AVEC LES GARDES CARIOS ET GORTH.
J'AI REGARDÉ LE TYPE DROIT DANS LES YEUX, ET LÀ...
JE LUI AI DIT QUE MON RÔLE, C'ÉTAIT D'ÉLOIGNER LES GARS LOUCHES !
BIENVENUE.
RONDES DE NUIT, SURVEIL-LANCE DE L'EN-TRÉE... ILS ONT UN RYTHME INFERNAL.
MAIS BON, JE SUPPOSE QUE CE DONJON N'A PAS DE CODE DU TRAVAIL...

VOIR QUELQU'UN DANS CET ÉTAT...
ME POUSSE À ÊTRE GENTIL, C'EST NORMAL...
HEIN ?
CLONG
C'EST GRATUIT ?
BIENVENUE.
EUH...
MERCI !
ELLE SAIT ÊTRE MIGNONNE, QUAND ELLE VEUT !
ÇA PROMET POUR L'AVENIR.
BONNE JOURNÉE ET À BIENTÔT.

OH !
STAP
C'EST CETTE PETITE PESTE DE SUORI !
SES GRANDS-PARENTS SONT DES TAILLEURS DE PIERRE POSSÉDANT UNE ÉNORME BOUTIQUE...
LANCER DE CAILLOUX
JET DE SEAU
ELLE EST INSUPPORTABLE ET MULTIPLIE LES BÊTISES !!
COUPS DE BALAI
QU'EST-CE QU'ELLE PRÉPARE, AUJOURD'HUI ?
SNIF
BAH ?
SES PARENTS L'ONT GRONDÉE ?
Elle est calme...

* Plein à ras bord Oden

JE PEUX AUSSI COMPTER SUR CARIOS ET SES COLLÈGUES ASSURANT LA PROTECTION DU VILLAGE.
FIOUH ...
LA RONDE DE NUIT EST ENFIN FINIE.
J'AI BESOIN D'EAU !
JE LEURS DOIS LE PLUS GROS DE MON CHIFFRE D'AFFAIRES.
Merci !
PEU AVANT MIDI, C'EST AU TOUR...
D'UN GROUPE DE CHASSEURS S'APPRÊTANT SÛREMENT À PARTIR À L'AVENTURE.
BON !
ON REVIENT CE SOIR, MAIS ACHETEZ AU MOINS DE L'EAU.
SI VOUS AVEZ DE LA PLACE, PRENEZ AUSSI LA BOÎTE DE BOUILLON ET LE TUBE ROUGE.
DES QUES-TIONS ? J'VOUS ÉCOUTE.
HÉ HÉ
C'est quoi, ce truc ?
D'ac.

CES DERNIERS JOURS, JE ME SUIS CONSTITUÉ UNE CLIENTÈLE FIDÈLE.
Je n'ai pas à me plaindre !
BON-JOUR.
RIEN NE VAUT UNE SOUPE POUR DÉMARRER LA JOURNÉE DU BON PIED.
VOUS EN BUVEZ AUSSI, MADAME ?
MOI, J'AIME BEAUCOUP CE THÉ SUCRÉ !
VOUS NE PRENEZ PAS D'EAU, LE MATIN ?
LA PREMIÈRE GORGÉE ME RÉVEILLE SANS FAUTE.
CE COUPLE DE CHASSEURS VÉTÉRANS...
ENSEIGNE AUX JEUNES LES SECRETS DES BÉNÉDICTIONS.
OH !
MUNAMI...
HAAA
CE GARÇON, FILS DE VENDEURS DE MEUBLES, SEMBLE APPRÉCIER MUNAMI.
courage !

SOYONS EN FORME POUR AUJOURD'HUI !
FWIK FWIK FWIK FWIK
LAMMIS AIDE À TENIR L'AUBERGE.
TOUS LES MATINS, ELLE ME NETTOIE.
c'est agréable !
ÉVIDEMMENT, JE N'OUBLIE PAS DE LA REMERCIER À MA MANIÈRE.
CE N'EST PAS GRAND-CHOSE, MAIS VOILÀ !
CLONG
OH ! TU M'EN OFFRES ENCORE UNE ?
BIENVENUE.
APOCALY WET
Boisson énergétique
MERCI À TOI !
C'EST REPARTI POUR UNE JOURNÉE DE TRAVAIL !

JE VIS ICI DEPUIS UNE SEMAINE.
J'AI MAINTENANT MA ROUTINE QUOTIDIENNE.
ガチャ
CLAC
COUCOU, HAKKON !

HI HI
...
BIENVENUE.
YOUPI !!
VOILÀ COMMENT J'AI HÉRITÉ DE CE NOM...
ET EMMÉNAGÉ DANS CE VILLAGE.

* NDT : simple déformation du mot japonais signifiant "boîte".

J'AI COMPRIS...
TU VAS TRAVAILLER CHEZ NOUS QUELQUE TEMPS !
LA BOÎTE RESTERA DEHORS POUR ATTIRER LES CLIENTS.
ELLE FERA DES VENTES. C'EST PARFAIT, NON ?
D'ACCORD !
MERCI BEAU-COUP !
BIENVENUE.
VOILÀ UNE AFFAIRE QUI ROULE !
OH, TU PARLES VRAIMENT !
ON COMPTE SUR TOI, ALORS.
TU SAIS DIRE AUTRE CHOSE ?
DOMMAGE. BIENVENUE.
EUH... JE SUIS PERDUE...
HM...

CET ARTEFACT M'A SAUVÉ LA VIE !
FIGURE-TOI QU'IL A UNE CONSCIENCE ET QU'IL OFFRE DES VIVRES EN ÉCHANGE D'ARGENT !
INCROYABLE, NON ?!
HULEMY CONNAÎT PEUT-ÊTRE UN MOYEN DE COMMUNIQUER RÉELLEMENT AVEC LUI !
LAMMIS !
JE VOIS...
BON, SI TU LE DIS...
PAR CONTRE...
TU AS DE L'ARGENT ?
HULEMY EST À LA SURFACE. TU PEUX T'OFFRIR UN PORTAIL DE TÉLÉPORTATION ?
D'AILLEURS... TU N'AS PLUS D'AFFAIRES... COMMENT TU VAS PAYER TA CHAMBRE ?
がくっ
ARGH
EN EFFET...
J'AI TOUT PERDU... C'EST TERRIBLE...
CROTTE ! C'EST DE MA FAUTE ?!
PAR-DOOON !

JE M'INQUIÉTAIS !
TU RESPIRES ?! JE NE VEUX PAS DE MORTS-VIVANTS ICI !
MAIS OUI, ENFIN !
J'EN AI BAVÉ, MAIS ÇA VA MIEUX !
PAF
PAF
TON ÉQUIPE AFFIRMAIT QUE TU AVAIS PÉRI...
MUNAMI NE VOULAIT RIEN ENTENDRE ! PAS VRAI ?
ILS ONT AVOUÉ T'AVOIR ABANDONNÉE LÂCHEMENT...
HÉ HÉ HÉ...
J'AI PROPAGÉ UNE VILAINE RUMEUR SUR EUX, ÇA LEUR APPRENDRA.
c'est pour ça qu'ils ont fui le village ?
ET SINON, TU NOUS EXPLIQUES...
D'OÙ SORT CETTE ÉNORME BOÎTE ?
ELLE ÉTAIT AU LAC !
TU AS OUBLIÉ ...
LA FOIS OÙ TU AS CAUSÉ LA PANIQUE EN RAMENANT UN BÉBÉ GRENOUILLON ?
ZIEUTE
ARGH ! C'EST DIFFÉRENT, LÀ !

TU ES DE RETOUR ?!
TU N'ES PAS UN MORT-VIVANT, HEIN ?!
OOOH
MUNAMI !!
COU...
MAMAAAN ! LAMMIS EST RENTRÉE !
DASH
...
QUI EST MUNAMI ?
CETTE FILLE, C'EST MUNAMI. SA MÈRE TIENT L'AUBERGE OÙ JE VIS.
LAMMIS !
TOUT VA BIEN ?!

"LE LAC CRISTALLIN" EST LE NOM DE CE NIVEAU DU DONJON.
CE VILLAGE EST LE PRINCIPAL POINT DE CHUTE DE L'ÉTAGE.
Allons à l'auberge.
Tout le monde nous regarde.
COMMENT ÇA ?!
ON EST DANS UN DONJON ?
POURTANT, ON VOIT LE CIEL...
CE MONDE EST INCROYABLE !
ENVIRON CENT PERSONNES VIVENT ICI, MAIS LA POPULATION CHANGE SOUVENT.
SEULS LES MARCHANDS GLANDENT... EUH, RESTENT ICI TRÈS LONGTEMPS.
PARDON, ÇA M'A ÉCHAPPÉ !
ELLE SE REPREND QUAND ELLE PARLE GROSSIÈREMENT.
ÇA A SON CHARME...
C'est vrai que ça surprend...
AAAAH !!
LAMMIS ?!
STAP

ENFIN DE RETOUR !
HI HI...
BIENVENUE AU VILLAGE DU LAC CRISTALLIN !

QUEL RÉGAL !
C'EST DU HAUT NIVEAU !
CE MACHIN A DE LA NOURRITURE CHAUDE ET FROIDE, MAIS AUSSI DES BOISSONS... C'EST TOP !
ON RESTE PLANTÉS ICI QUAND ON MONTE LA GARDE...
J'ADORERAIS L'AVOIR À CÔTÉ DE LA PORTE.
OUAIS.
MIOM MIOM
MOUI... JE PRÉFÉRERAIS RESTER AVEC LUI, MOI...
PASSEZ DE TEMPS EN TEMPS, ALORS.
JE PRÉVIENDRAI LES AUTRES.
BONNE IDÉE !
ÇA TE VA ?
BIENVENUE.

HAAA !
んはあっ
MIAAAM
C'EST DINGUE, CE TRUC !
L'ŒUF DUR EST IMBIBÉ. DIFFICILE D'EXPLIQUER LE GOÛT, MAIS C'EST FAMEUX...
OH ! ÇA AUSSI, C'EST SPÉCIAL ! ON DIRAIT DU POISSON.
MION
MION
IL EST AUSSI BIEN IMBIBÉ ! MIAM !
ARF, J'AI ENVIE DE ME RINCER LE GOSIER AVEC DE L'ALCOOL !
GLOUPS
À MON TOUR.
J'AIMERAIS TELLEMENT MANGER ÇA, MAIS J'AI D'AUTRES PRIORITÉS...
Je suis à sec !

OH, C'EST CHAUD !
MAIS COMMENT ÇA S'OUVRE ?
Oden en boîte
* Plein à ras bord
Oden
HM ?
IL Y A UN AUTRE DESSIN...
IL EXPLIQUE COMMENT OUVRIR ET MANGER !
c'est sympa.
OUI !
CE PRODUIT A FAIT FUREUR DANS UN CÉLÈBRE QUARTIER D'ÉLECTRONIQUE.
LES EXPLICATIONS DESSINÉES SONT DESTINÉES AUX TOURISTES ÉTRANGERS.
FWIP
oooh...
MIOM

VOUS VOULEZ ACHETER QUELQUE CHOSE ?
ON VA PAS SE GÊNER !
MOUAIS... UNE PIÈCE D'ARGENT, ÇA FAIT CHER.
UNE FOIS DÉCIDÉS, INSÉREZ VOTRE MONNAIE ICI.
VOILÀ DEUX GRANDS GAILLARDS ...
SI JE VEUX EN FAIRE DES CLIENTS FIDÈLES, JE DOIS LEUR OFFRIR UN PRODUIT PLUS NOUR-RISSANT QUE DES CHIPS !
VOUS M'EN DIREZ DES NOUVELLES !
ZWOM
!
C'EST PAS DONNÉ...
MAIS LE DESSIN MET L'EAU À LA BOUCHE !
GLOUPS
J'en ai marre de la bouffe d'ici...
C'EST PARTI !
STAC
BAH ?! J'AVAIS ENCORE JAMAIS MANGÉ ÇA !
AH... TROIS PIÈCES D'ARGENT ?!

CONTENT D'ENTENDRE ÇA. PAR CONTRE...
C'EST QUOI, CE BIDULE ?
C'est immense.
UNE SORTE D'ARTEFACT ? IL ÉTAIT AU BORD DU LAC !
C'EST GRÂCE À LUI QUE J'AI PU RENTRER.
IL DONNE DES CHOSES EN ÉCHANGE D'ARGENT.
AH OUAIS ?
MÊME À NOUS ?
BIENVENUE.
GYAH !
HA HA !
IL VIENT DE PARLER.
CE MACHIN EST DOUÉ DE PAROLE ...
IL DOIT VALOIR UN PAQUET D'ARGENT, NON ?
IL N'EST PAS À VENDRE ! JE VEUX LE MONTRER À HULEMY !
FWIT
AAAH !
LA DINGUE SPÉCIA-LISTE DES ARTEFACTS MAGIQUES ?
J'AVOUE QUE C'EST UN PUITS DE SCIENCE.
ÇA NE ME DIT RIEN QUI VAILLE...
JE NE VEUX PAS VOIR UNE DINGUE, MOI !

OH !
DUM
LAMMIS ?! JE M'INQUIÉTAIS !
TON ÉQUIPE EST REVENUE DANS UN SALE ÉTAT...
DU COUP...
TOUT VA BIEN !
ZDOM
CARIOS ! GORTH !
HÉ HÉ !
REGARDEZ, JE M'EN SUIS SORTIE !

Chapitre 2
Une journée
dans la peau d'un distributeur

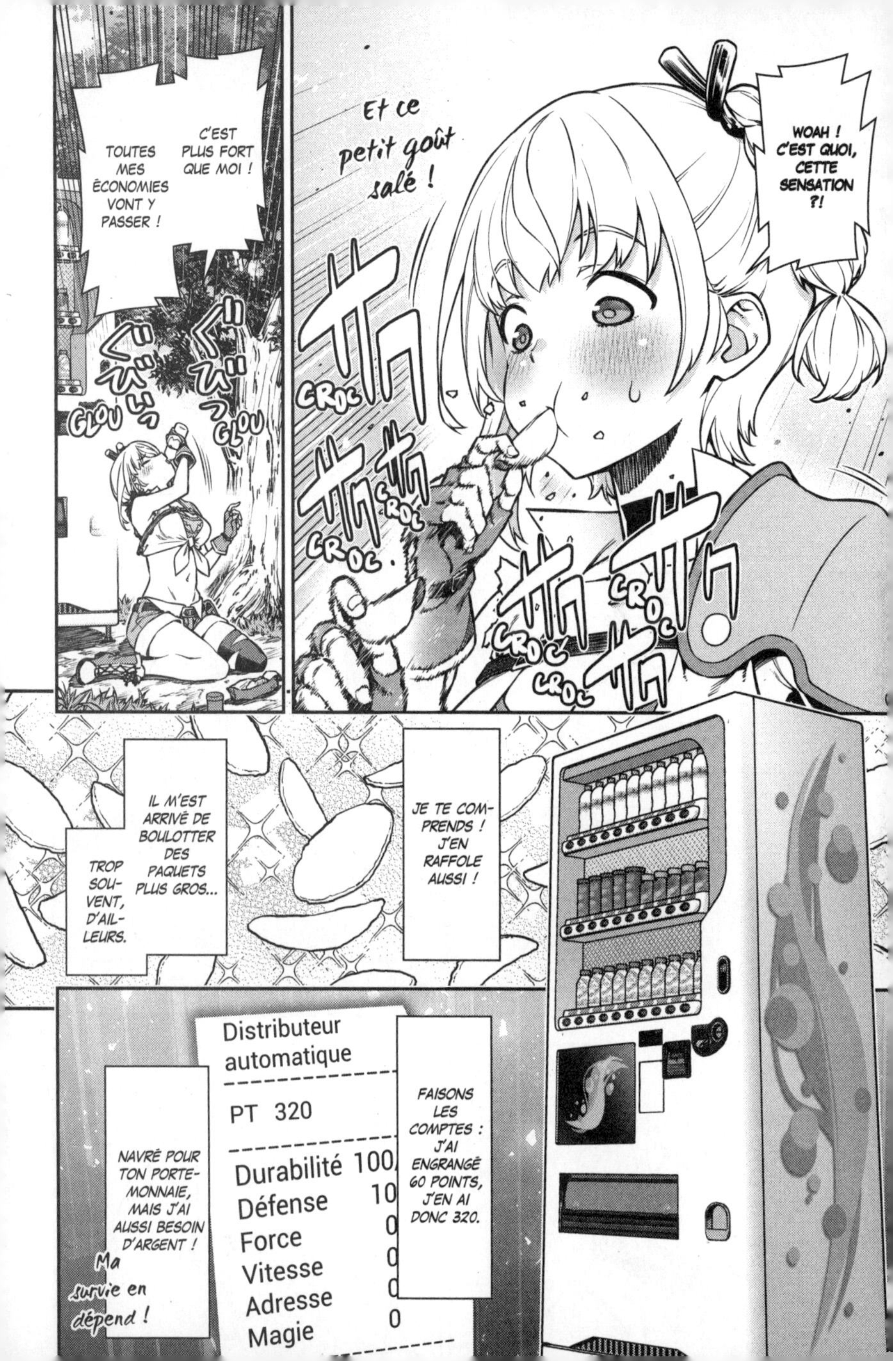
WOAH ! C'EST QUOI, CETTE SENSATION ?!
Et ce petit goût salé !
CROC
CROC
CROC
CROC
CROC
C'EST PLUS FORT QUE MOI !
TOUTES MES ÉCONOMIES VONT Y PASSER !
GLOU
GLOU
JE TE COMPRENDS ! J'EN RAFFOLE AUSSI !
IL M'EST ARRIVÉ DE BOULOTTER DES PAQUETS PLUS GROS...
TROP SOUVENT, D'AILLEURS.
FAISONS LES COMPTES : J'AI ENGRANGÉ 60 POINTS, J'EN AI DONC 320.
Distributeur automatique
PT 320
Durabilité 100/
Défense 10
Force 0
Vitesse 0
Adresse 0
Magie 0
NAVRÉ POUR TON PORTE-MONNAIE, MAIS J'AI AUSSI BESOIN D'ARGENT !
Ma survie en dépend !

FAISONS UNE PETITE PAUSE.
JE VAIS REPRENDRE CETTE SOUPE JAUNE ONCTUEUSE.
LA SOUPE DE MAÏS NE TIENT PAS VRAIMENT AU CORPS.
LAMMIS A BESOIN D'UN REPAS PLUS CALORIQUE ET CONSISTANT ...
SKRISH
chip moon
J'AI DONC AJOUTÉ DES CHIPS À MON OFFRE.
HM ?
c'est fin.
HÉ HÉ... ELLES SONT DIABOLIQUE-MENT BONNES !
CROC

JE NE SUIS PAS RESTÉ ICI LONG-TEMPS...
MAIS J'AI OBSERVÉ CE PAYSAGE DEPUIS MON ARRIVÉE DANS CE MONDE...
ET J'AVAIS FINI PAR L'APPRÉCIER ...
MAIS À PRÉSENT ...
J'AI SURTOUT HÂTE DE DÉCOUVRIR L'ENDROIT OÙ LAMMIS M'EMMÈNE !
MA NOUVELLE VIE DE DISTRIBU-TEUR...
DEVIENT ENFIN INTÉRESSANTE !!

LE SOUCI, C'EST QUE J'ARRIVE PAS À TOUCHER MES CIBLES...
HAAA...
EFFECTIVEMENT, ELLE A COMPLÈTEMENT LOUPÉ SON COUP, HIER...
Elle manque d'adresse...
SWUSH
DOM
C'EST UN PEU TARD POUR TE DEMANDER ÇA, MAIS...
TU ES VRAIMENT D'ACCORD POUR ALLER AUTRE PART ?
T'AS PAS UNE MISSION À ACCOMPLIR ?
JE T'AI APPROCHÉ PARCE QUE TU ME FAISAIS DE LA PEINE, TOUT SEUL AU BORD DE L'EAU, MAIS...
J'AVAIS L'AIR SI PITOYABLE QUE ÇA ?
DOM
DOM
DOM
BIENVENUE.
Ah ?
Si tu le dis...
ON NE M'A DONNÉ AUCUNE MISSION.
J'ÉTAIS PARTI POUR ÉPUISER TOUS MES POINTS DEVANT CE LAC.

HM, JE VOIS PAS DEVANT...
J'AI UNE IDÉE...
HOP !
TCHAK
FWASH
SHTAAAAK
VOILÀ !
C'EST MIEUX !
TADAM
LA VACHE, ELLE EST SUPER COSTAUDE !!
OH ?!
EH BEN ! JE COMPRENDS MIEUX POURQUOI ELLE EST CHASSEUSE...

PAR ICIII !
ZWAAAM
AAAAH !!
HOP LÀ...
UN PEU LOURD, MAIS ÇA DEVRAIT ALLER.
J'HALLUCINE !
JE DOIS PESER AU MOINS 400 KILOS, NON ?!
DOM
DOM
MA BÉNÉDICTION EST CETTE PUISSANCE PHÉNOMÉNALE !
JE SUIS DEUX FOIS PLUS FORTE QU'UN ÊTRE HUMAIN NORMAL !

TAP TAP
GÊNIAL !!
J'AVAIS UN PEU PEUR DE TE PROPOSER ÇA.
PAR CONTRE...
JE NE PEUX PAS ME DÉPLACER.
Il n'y aurait pas une compétence pour bouger ?
JE DOUTE QU'ELLE ARRIVE À ME PORTER...
DANS CE CAS, JE ME PERMETS !
HEIN ?
GNUP
PARDOOON ?!
QU'EST-CE QUI TE PREND, LAMMIS ?!
TU ES TOI AUSSI TOMBÉE AMOUREUSE DES DISTRIBUTEURS ?!
BIENVENUE DANS LA COMMU...
GYAAAAH !!
SHRAAAA

HEIN ?
HIER, JE T'AI PARLÉ...
DE HULEMY, MON AMIE SPÉCIALISTE DES ARTEFACTS.
À MON AVIS, VOUS AURIEZ DES CHOSES À VOUS DIRE.
J'AIMERAIS QUE TU LA RENCONTRES !
EUH...
ÇA T'INTÉRESSE ?
JE...
JE SUIS CARRÉMENT PARTANT !
ZWAAAAH
BIENVENUE.
VRAIMENT ?!
OOOOH

...
EST-CE QUE...
TU VEUX VENIR AVEC MOI ?

J'AI DÉPENSÉ BEAUCOUP D'ARGENT, MAIS J'AI PU ME REMPLIR LE VENTRE.
MERCI ENCORE !
STAP
HAAA... ET VOILÀ...
QUI SAIT QUAND LE PROCHAIN CLIENT VIENDRA ?
Ça ira, côté points ?
BONNE JOURNÉE ET À BIENTÔT.
ELLE ME MANQUE DÉJÀ.
OUI !
À BIENTÔT !

HUMPF
J'AI DORMI SANS ME SOUCIER DES ENNEMIS.
HEUREUSEMENT QU'AUCUN MONSTRE N'EST VENU.
DÉTROMPE-TOI !
Tu avais baissé ta garde !
STAP
MA BARRIÈRE T'A SAUVÉ LA VIE !
J'ai eu peur...
BON !
MOI, JE VAIS Y ALLER. JE DOIS RENTRER AU VILLAGE...
PENDANT QUE J'AI ENCORE DES FORCES.

LAMMIS VA SÛREMENT RENTRER CHEZ ELLE.
JE SUPPOSE QU'ON SE DIRA ADIEU DEMAIN...
À MON AVIS, JE VAIS ME SENTIR ENCORE PLUS SEUL QU'AVANT NOTRE RENCONTRE !
ENFIN, ON N'Y PEUT RIEN...
POUR L'INSTANT, À MOI DE LA PROTÉGER ...
À L'AIDE DE MA BARRIÈRE.
REPOSE-TOI BIEN, LAMMIS.

DOMMAGE... C'EST LE CAS DE LE DIRE.
LAMMIS ...
QU'EST-CE QUE TU ES GENTILLE !
QUI D'AUTRE POURRAIT S'ADRESSER À UN DISTRIBUTEUR COMME SI C'ÉTAIT UN ÊTRE HUMAIN ?
ÇA ME FAIT TELLEMENT PLAISIR DE LUI PARLER.
C'EST MÊME APAISANT...
LA SOLITUDE COMMENÇAIT À ME PESER.

WOAH ! TU ME COMPRENDS, ALORS !
BON, DIS "BIENVENUE" À LA PLACE DE "OUI"...
OOH
ET UTILISE UNE AUTRE PHRASE POUR DIRE "NON", D'ACCORD ?
ÇA, C'EST UNE BONNE IDÉE !
JE ME LANCE...
DOMMAGE.
HI HI...
C'EST COMME ÇA QUE TU DIS "NON" ?
BIENVENUE.
ET LÀ, TU AS DIT "OUI". PARFAIT !
À TOUT HASARD...
TU ES CAPABLE DE DIRE TON NOM ?
DOMMAGE.
AH...
... C'EST LOGIQUE ...
J'AURAIS DÛ M'EN DOUTER.

HM...
TU NE PEUX DIRE QUE QUELQUES PHRASES ?
HEIN ?!
MON AMIE D'ENFANCE HULEMY ÉTUDIE LES ARTEFACTS.
IL PARAÎT QUE CERTAINS PEUVENT ACCUEILLIR DES VOIX.
C'EST PEUT-ÊTRE TON CAS.
DU COUP...
EUH...
DIS CE QUE TU VEUX, ÇA NE ME DÉRANGE PAS.
DÉCIDÉMENT, ELLE EST FUTÉE !
C'EST L'OCCASION DE COMMUNIQUER RÉELLEMENT !
!
BIENVENUE.

OOOH ! J'AI GAGNÉ 6 300 YENS, SOIT PLUS DE SIX PIÈCES D'ARGENT !
ÇA ME FAIT 63 POINTS !
DOM
MOI QUI VOULAIS MODIFIER LES PRIX... C'EST BIEN COMME ÇA !
Pardon, mais j'ai besoin de points !
AAAH, JE ME SUIS RÉGALÉE !
MERCI POUR VOTRE ACHAT.
FWISH
Les déchets disparaissent.
EUH, JE T'EN PRIE !
JE M'APPELLE LAMMIS.
MERCI POUR CE FESTIN.
EST-CE QUE ...
TU PEUX PARLER ?
LÀ EST LE PROBLÈME !
JE NE PEUX PAS VRAIMENT !
J'AI JUSTE QUELQUES PHRASES PRÉ-ENREGISTRÉES...
Phrases préenregistrées
▸ Bienvenue.
▸ Merci pour votre achat.
▸ Bonne journée et à bientôt.
▸ Tentez de gagner une autre bouteille.
▸ Dommage.
▸ Bien joué.
▸ Insérez votre monnaie.
COMMENT LUI FAIRE COMPRENDRE CE QUE JE PENSE VRAIMENT ?

HMMM
HÉ HÉ HÉ ! JE SUIS CONTENT, C'EST MARRANT !
QUEL PLAISIR DE LA VOIR SOURIRE.
JE SUIS UN DISTRIBU-TEUR HEUREUX !
ZUT, J'AI DÉJÀ TOUT BU...
C'ÉTAIT UN VRAI DÉLICE...
ET SI JE GOÛTAIS LE RESTE ?
CLING CLING CLIIING
WOAH ! TROP BON !
SUCCU-LENT !
JE RÊVE ?!
MÊME L'EAU A BON GOÛT !
Thé au lait
Soupe de maïs
Eau

GLOU
FOUAH !
MIAAAAAAM !!
JE ME RÉGALE !

OH !
ÇA ALORS !
C'EST CHAUUUD !
じっくりおいしい
トロとろ
コーンスープ
濃
ホワッ
FWOH
Soupe de maïs
*PRÉPARÉE AVEC AMOUR SOUPE DE MAÏS ONCTUEUSE ÉPAISSE
JE SUPPOSE QUE ÇA S'OUVRE COMME UNE BOUTEILLE.
SWIT
POP
OH LA LA, QUELLE BONNE ODEUR !
C'EST PEU DIRE, OUI !
LE GRAND GOULOT DE CETTE BOUTEILLE DIFFUSE MIEUX L'ODEUR QU'UNE SIMPLE CANETTE !
c'est le top !
OOH
J'EN ACHETAIS SOUVENT QUAND IL FAISAIT FROID...
じっくりおいしい

En service
1010
DAAAM
MAINTENANT, CHOISIS UN PRODUIT !
JE DOIS APPUYER SUR UN DES BOUTONS BRILLANTS ?
BIIIP
OOOH, C'EST BON !
CLING
AH !
Quelque chose est tombé !
CLONG
JE PEUX METTRE MA MAIN ?
LA BOÎTE VA PAS ME LA MANGER ?
MAIS NON ! DÉPÊCHE-TOI DE RÉCUPÉRER TON ACHAT !
FWIT
STAC...

HMMM OOO
...
?
IL SE PASSE RIEN...
BAH ALORS ?!
Erreur
Devise erronée.
Vous pouvez ajouter une fonction pour changer les devises.
SÉRIEUX ?!
D'ACCORD, J'AJOUTE ÇA !
OH...
En service
10
FWAP
10 ?
UNE PIÈCE DE BRONZE VAUT 10...
IL Y A ÉCRIT "1 000" SOUS L'EAU, DONC...
FRSH
ÇA COÛTE UNE PIÈCE D'ARGENT ?
C'EST SUFFISANT POUR SE PAYER UN DÎNER...
TANT PIS, JE MEURS DE FAIM !
C'EST PARTI !
ELLE SE LANCE QUAND MÊME ?!
SCLAC
UNE PIÈCE DE BRONZE ÉQUIVAUT À 10 YENS, ET UNE PIÈCE D'ARGENT À 1 000 YENS...
HEIN ?!
TOUT COÛTE 1 000 YENS ?! J'AVAIS POURTANT FIXÉ À 100...
C'EST SANS DOUTE À CAUSE DU CHANGEMENT DE DEVISES !
PARDON, JE REMETS À 100 YENS !

HEIN ?!
GLOUPS
BAH ? C'EST QUOI, CETTE BOÎTE DE FER ?
JE NE L'AVAIS PAS BIEN REGARDÉE...
Elle est plutôt jolie.
DAAAM
OH ! IL Y A DE L'EAU ?!
COMMENT JE LA RÉCUPÈRE ?!
EN CASSANT LA BOÎTE ?! CE SERAIT DOMMAGE...
On dirait un artefact de valeur.
STAC
ELLE EST FOLLE, OU QUOI ?! DU CALME !
INSÉREZ VOTRE MONNAIE.
MAIS...
ELLE A PARLÉ ?!
GLOUPS
DE LA MONNAIE ?
ELLE VEUT... DE L'ARGENT ?
BRR
BRR
OH ! ELLE COMPREND VITE !
BON ...
JE METS UNE PIÈCE DE BRONZE ...
Dans le trou ?
TCHAK

MES ÉQUIPIERS M'ONT LÂCHÉE...
J'AI PERDU MON SAC DE PROVISIONS ...
ポロ
SNIF
JE NE SUIS PAS FAITE POUR ÊTRE CHASSEUSE !
SNIF
ポロ
MAMAN, PAPA, PARDON...
JE CRAQUE...
ELLE EST EN LARMES...
"CHASSEUSE" ? ELLE TRAQUE LE GIBIER ?
À MOINS QU'ELLE NE CHASSE LES MONSTRES ?
ENFIN, LE PLUS IMPORTANT...
C'EST QU'ELLE EST HUMAINE !
ÇA ME RASSURE, ELLE DEVRAIT ME COMPRENDRE !
C'EST DONC LA PREMIÈRE CLIENTE DE MA NOUVELLE VIE...
Pas comme ces grenouilles.
BIENVENUE.

OH...
MAIS...
ET LES MONSTRES ?!
AAAH
がばっ
TIENS ? J'AI L'IMPRESSION...
QUE TOUT VA BIEN ?
GRRUUIK
NON, AU CONTRAIRE ...
MON VENTRE CRIE FAMINE ...
J'ESPÉRAIS ME NOURRIR DE LA VIANDE DES GRE-NOUILLONS ...
SNIF
JE N'AI PLUS LA FORCE DE BOUGER, AU SECOURS...
GRUIK

EUH...
CES GRE-NOUILLES VONT BIENTÔT ME LAISSER, OUI OU NON ?
BONNE JOURNÉE ET À BIENTÔT.
CROA!!
ZWAM
AAAH, NON ! JE NE VOULAIS PAS VOUS PROVOQUER ...
VOUS FERIEZ MIEUX D'ARRÊTER !!
D'AC-CORD ?
SCLONG
CROA!
BONG
CR OA!
CLONG
CROOOOA!
ALLEZ... VOUS N'EN AVEZ PAS MARRE ?
PEUH
ELLES SONT ENFIN PARTIES...
Ah là là...
FWISH
J'AI PERDU UN TAS DE POINTS !
MA BARRIÈRE CON-SOMME PAS MAL...
Distributeur automatique
PT 346
Durabilité 65/100
Défense 10
Force 0
Vitesse 0
Adresse 0
Magie 0
<Fonctions>
Refroidissement Réchauffement
BON, UTILISONS 35 POINTS POUR ME RÉPARER.
HM ...
HUF ...
FWIT
ZWAH

SUPER ! J'AI REPOUSSÉ LES GRE-NOUILLES !
ON DIRAIT...
Bénédiction
Barrière
Une barrière infranchissable d'un rayon d'un mètre s'étend autour de vous. Vous pouvez choisir qui peut entrer et sortir.
QUE C'EST LE POUVOIR IDÉAL.
STAP
CROAAA !
HA HA HA !
VOUS PERDEZ VOTRE TEMPS !
BONNE JOURNÉE ET À BIENTÔT.
GRÂCE À CETTE BARRIÈRE, JE SUIS MAINTENANT INVINCIBLE, ET...
CLONG
CROOOA !
BONG
CLONG
BONG
CROOA !
QUE... COM-MENT ?!
MES POINTS S'ÉCOU-LENT À UNE VITESSE FOLLE !
1 point dépensé.
1 point dépensé.
1 po
1 point dép
1 poi
1 point dépen
point dépensé.
t dépensé.
1 point dépense
UTILISER MA BARRIÈRE N'EST PAS GRATUIT ?!

GWOOOOH
BARRIÈRE ACTIVÉE !
ZWISH

HUMPF... BON SANG...
J'AI... TROP FAIM...
HAA
EUUUH...
CROA
CROA
CROA
CROA
CROA
ELLE EST DÉJÀ EN DIFFICULTÉ APRÈS SON ENTRÉE FRACAS-SANTE !
GROA
FWIT
QU'EST-CE QUE JE PEUX FAIRE ?!
J'AI BESOIN D'UNE FONCTION EFFICACE !
FWISH
OH !
Bénédictions
Ces pouvoirs sont conférés par les dieux. Vous pouvez en acquérir un sans dépenser de points.
Vision élargie
Télépathie
Absorption
Barrière
Vol
Combat à l'épée
Combat à mains nues
Magie de feu
BIP
ÇA, C'EST PARFAIT !

ZWUM
BWOOOOH
SWUSH
ARGH !
?!
BADAM
DAM
AAAH !
HMMM...

FWIT
OH LÀ LÀ, ÇA CRAINT !
VITE ! JE DOIS TROUVER UN TRUC POUR...
J'VEUX...
D'LA...
SFRSH
DOM
VIAAANDE!!
CROA?!

2 dégâts subis.
Utilisez des points pour récupérer de la durabilité.
2 dégâts subis.
1 dégât subi.
BIP
Distributeur automatique
é 95/100
Magie
Fonctions>
AH, D'ACCORD !!
IL ME RESTE 900 POINTS.
LE MONSTRE ABANDONNERA PEUT-ÊTRE SI JE ME RÉPARE.
FRSH
FRSH
STAP
RAAAAAAH !!
CROTTE, SON POTE A RAPPLIQUÉ !!
CROA
CROA
CROA
IL A UNE HACHE, EN PLUS !
QU'EST-CE QUE JE FAIS ?!
FWISH
Fonctions supplémentaires
Eau chaude
Absorption des dégâts da
Roulette
JE N'AI PAS UNE FONCTION QUI POURRAIT M'AIDER ?!
ARF, JE NE TROUVE RIEN D'UTILE !
C'EST QUOI, CETTE TRANSFORMATION QUI COÛTE 1 MILLIARD ?!
Je l'obtiendrai jamais !

OH !!
ZUM
Distributeur automatique
Durabilité 95/100
Défense 10
Force 0
Vitesse 0
Adresse 0
Magie 0
<Fonctions>
Refroidissement Réchauffement
C'EST MON PANNEAU DE STATS ?
LA DURABILITÉ CORRESPOND DONC À MES POINTS DE VIE.
--- Durabilité ---
Quand cette statistique atteint 0, le distributeur devient inutilisable.
QUASIMENT TOUTES MES STATS SONT À 0...
ÇA SE COMPREND, UN DISTRIBUTEUR N'EN A PAS BESOIN...
LA DERNIÈRE STAT DU TABLEAU INDIQUE ...
QUE LA MAGIE EXISTE DANS CE MONDE.
FOUDRE !!
UN DISTRIBUTEUR QUI ENVOIE DES SORTS, ÇA EN JETTERAIT...
Mais j'ai 0 en magie !
TSS
SCLONG
JE NE PEUX RIEN LUI FAIRE ?!
J'AI BESOIN D'UN MIRACLE, LÀ !

BLAM
RAAAH ! QU'EST-CE QU'IL FABRIQUE ?!
SKRI
MERCI POUR VOTRE ACHAT.
MAIS NON !
DANS LA PANIQUE, J'AI DIT N'IMPORTE QUOI !
HEIN ?!
3 dégâts subis.
3 points de durabilité perdus.
EUH... JE N'AI PAS MAL DU TOUT !
PAR CONTRE, JE SUIS IMPUISSANT !
DOMMAGE.
BIEN JOUÉ.
BIENVENUE.
BONG
BONG
BONG
LA DURABILITÉ SERAIT...
COMME LES POINTS DE VIE DANS UN JEU ?!

C'EST FORCÉMENT ÇA !
JE ME SUIS RÉINCARNÉ DANS UN AUTRE UNIVERS !
BON, DU CALME...
PEU IMPORTENT CES HISTOIRES D'UNIVERS PARALLÈLE ET DE MONSTRES !
JE SUIS MAINTENANT UN DISTRIBUTEUR, ET CE BATRACIEN...
?
EST MON PREMIER CLIENT, JE L'ATTENDAIS !
TOUT CE QUE JE PEUX LUI DIRE, C'EST...
BIENVENUE.
ROAAA?!

FWUT
QUE...
QUOIII ?!
FWUT
ZIEUTE
ZIEUTE
CE... C'EST SÛR QUE CE N'EST PAS UN COSTUME !
C'EST UNE VRAIE CRÉATURE !!
JE N'EN REVIENS PAS !
Je dis ça alors que je suis un distributeur.
ON SE CROIRAIT DANS UN MONDE D'HEROIC FANTASY !
STAP
STAP
ATTENDEZ...
JE NE SUIS PLUS AU JAPON ? NI MÊME SUR TERRE ?

EUH...
TOUJOURS PERSONNE À L'HORIZON, C'EST NORMAL ?
IL N'Y A MÊME PAS LE MOINDRE ANIMAL !
OÙ EST-CE QUE JE SUIS TOMBÉ ?!
UN LIEU TOURISTIQUE EN BASSE SAISON ?
QUELLE IDÉE D'INSTALLER UN DISTRIBUTEUR ICI !
CROA CROA !
UN COASSEMENT ?
STAP
CROA CROAAAA

Deux jours plus tard

Trois jours plus tard

NIVEAU ARGENT...
1 POINT ÉQUIVAUT À 100 YENS.
Échangez 100 yens pour obtenir 1 point.
Dépensez des points pour modifier les produits.
Distributeur automatique
130 ¥ (100 ex.)
100 ¥ (100 ex.)
METTONS TOUT À 100 YENS, C'EST PLUS PRATIQUE.
JE VAIS ESSAYER DE RAJOUTER UN PRODUIT.
BIP
FWISH
(Froid) Doctor Pepper
(Froid) Calpis
(Froid) Calpis soda
(Froid) Lemon squash
(Froid) Thé noir
(Froid) Thé vert
(Froid) Thé d'orge
(Froid) Thé oolong
(Froid) Eau minérale
(Froid) Jus d'orange
(Chaud) Café
IL Y A UN TAS DE TRUCS !
ON DIRAIT QUE C'EST TOUT CE QUE J'AI ACHETÉ DE MON VIVANT.
COMMENÇONS PAR DU THÉ AU LAIT FROID.
DON
HOP !
C'EST PRÊT !
JE SUIS SUREXCITÉ !
TADAM
APPROCHEZ, CHERS CLIENTS !

TIENS ?
OOOH !
DES TRUCS SONT APPARUS DANS MON ESPRIT ?!
LÀ, JE CROIS QUE CE SONT LES PRODUITS DONT JE DISPOSE.
ZWASH
Dépensez des poin
modifier les p
C'est peu...
Distributeur automatique
(Froid) Eau minérale 130 ¥ (100 ex.)
(Chaud) Soupe de maïs 100 ¥ (100 ex.)
PT 1 000
<Fonctions>
Refroidisseme
(Froid) Cola
(Froid) Soda citron
(Froid) Ramune
(Froid) Doctor Pepper
(Froid) Calpis
(Froid) Calpis soda
(Froid) Lemon squash
(Froid) Thé noir
(Froid) Thé vert
(Froid) Thé d'orge
(Froid) Thé oolong
(Froid) Eau minérale
(Froid) Jus d'orange
(Chaud) Café
(Chaud) Café au lait
Bip
AH ! JE PEUX CHANGER CE QUE JE VENDS ?!
JE VOIS... LE TERME "PT" DÉSIGNE LES POINTS.
ILS SERVENT À REMPLIR LES STOCKS OU À CHANGER MON OFFRE.
JE PEUX ÉGALEMENT MODIFIER MES FONCTIONS.
RÉCHAUFFER LES PLATS CONGELÉS, OFFRIR DE L'EAU CHAUDE POUR LES NOUILLES... J'AI DU CHOIX.
INTÉRESSANT !
Super !

TADAAM
HONNÊTEMENT, CE N'EST PAS SI MAL.
JE DIRAIS MÊME... QUE J'AI LA CLASSE !
J'AI EU LE PRIVILÈGE DE ME RÉINCARNER EN MA CHOSE FAVORITE.
SERAIT-CE UN DON DES DIEUX ?!
ENFIN, JE CROIS ?
HM...
Les fans d'automobiles rêvent-ils de devenir des voitures ?
DE TOUTE MANIÈRE, CE QUI EST FAIT EST FAIT.
REGARDONS LA RÉALITÉ EN FACE : JE SUIS MAINTENANT UN DISTRIBUTEUR.
JE N'AI PLUS MES CAPACITÉS D'HUMAIN ...
MAIS CES MACHINES SONT CAPABLES D'UN TAS DE CHOSES !
C'EST VRAI !
JE SUIS QUAND MÊME BIEN PLACÉ POUR LE SAVOIR !
ALLEZ !
JE ME CONCENTRE !
JE DOIS ENTRER EN HARMONIE AVEC MON CORPS !
FWUSH

AFTER
BEFORE
DIFFICILE À CROIRE, MAIS...
ON DIRAIT BIEN QUE JE SUIS DEVENU UN DISTRIBUTEUR.
HUMPF
AU DÉBUT, J'ÉTAIS DÉBOUSSOLÉ...
IMPOSSIBLE DE BOUGER...
NI DE PARLER. ENFIN...
SI, MAIS SEULEMENT VIA DES PHRASES PRÉENREGISTRÉES.
IMAGINEZ MA SURPRISE QUAND J'AI VU MON REFLET DANS L'EAU.
Euh... c'est moi, ça ?!
J'ÉTAIS ANÉANTI...
BIENVENUE.
INSÉREZ VOTRE MONNAIE.
MERCI POUR VOTRE ACHAT.
...
QUOIQUE...

JE NE SUIS PAS CERTAIN DE LES AIMER AU POINT...
DE VOULOIR ME RÉINCARNER EN DISTRIBUTEUR...
IL Y A DES LIMITES, NON ?

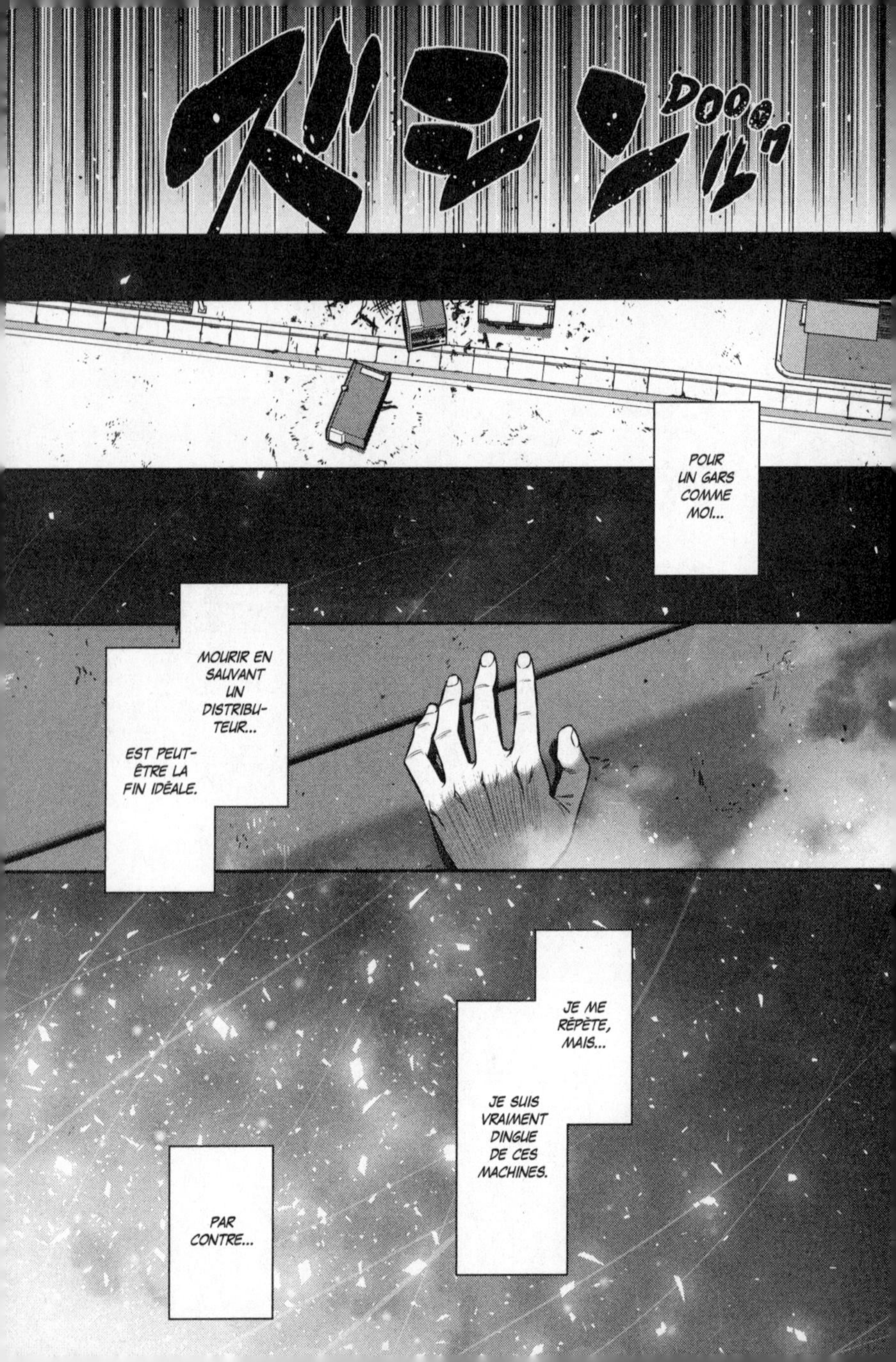
DOOOn
POUR UN GARS COMME MOI...
MOURIR EN SAUVANT UN DISTRIBU-TEUR...
EST PEUT-ÊTRE LA FIN IDÉALE.
JE ME RÉPÈTE, MAIS...
JE SUIS VRAIMENT DINGUE DE CES MACHINES.
PAR CONTRE...

OH NON !
SI CE DISTRIBUTEUR TOMBE...
IL SERA HORS D'USAGE !
JE...
SWISH
ZWARAM
JE DOIS LE SAUVER !!

BRAM
BROLOM
CLONG
MAIS ?!
SKRIII

JE TROUVE CES CONCENTRÉS DE TECHNOLOGIE MAGNIFIQUES !
ET QUE DIRE DE CETTE MYRIADE DE PRODUITS ALLÉCHANTS ?
PLUS ILS SONT FARFELUS ...
PLUS J'AI ENVIE DE LES TESTER !
HAAA...
POUR MOI, LES DISTRIBUTEURS...
SONT COMME DE VÉRITABLES COFFRES AU TRÉSOR.
MAINTENANT QUE VOUS SAVEZ ÇA...
SKRISH
SKRILISH

OOOH !
C'EST LE FAMEUX DISTRIBUTEUR À ABONNEMENT !
INTÉRESSANT, ON A LE DROIT À UNE BOISSON GRATUITE PAR JOUR.
EH BAH...
LES DISTRIBUTEURS ENTRENT DANS UNE NOUVELLE ÈRE.
J'ADORE LES DISTRIBUTEURS.
JE M'EMPRESSE D'ALLER VOIR LES NOUVEAUX MODÈLES, LES MACHINES INSOLITES...
ET JE N'HÉSITE JAMAIS À ACHETER LES PRODUITS QUE JE NE CONNAIS PAS.
Tant que j'ai de l'argent !

# Chapitre 1 Passionné jusqu'à la mort

CRO

HAKKON !
BIENVENUE.

BATTEZ EN RETRAITE !
QUE TOUT LE MONDE QUITTE LES LIEUX !
FUYEEEEEEZ !!
ABANDONNEZ LES PROVISIONS !
CROOO

# SOMMAIRE

REBORN AS A
VENDING
MACHINE
1
KUNIEDA × HIRUKUMA × YÛKI HAGURE
Presents